明·黄鳳池 輯

唐詩畫譜

五言畫譜

唐詩畫譜叙

詩以盛唐爲工而詩中有畫又唐詩之尤工者也蓋志生於心發而爲詩不緣假借不藉藻繢矢口而成自極旨趣烟波浩渺叢聚目前孰非畫哉此道既微操觚染翰者皆強操力索以雕琢鏤刻爲工故有吟成五字費

唐詩畫譜

盡一心之語甚若偃臥床榻蒙閑額面家人屏諠雜史遂踰嬰兒幼女抱寄僻室畫取清淨而竭精凝神擬云詩趣詎知勞心焦思索然無味詩安有畫哉人惟句東於兒間句洞於聲利以我心靈參彼境界天天相照生生貫通能蕭璀璨巖因錄心無之

而孔雀矣此道推盛唐大家得之鳳池黄公久有懷焉遴選唐詩百首廣求名公書之敦請名筆畫之各極神精益臻巧妙契合於繩墨規矩之中懷會於丰神色澤之外即九方皋之相馬牝牡驪黄均不得而泥之茲譜所鑴猶宇内之奇觀哉吾料東

西南北之士必嘗而共鑒之寶若隋珠和璧人人增價照乘履將錯於戶外視夫他坊雜刻汗牛充棟束之高閣若弗賞天淵矣大都世所稱不朽者有三詩也字也畫也三者兼美盡善時而吟咏時而摹臨時而覽勝洋洋灑灑得之心而應之手恍若庭

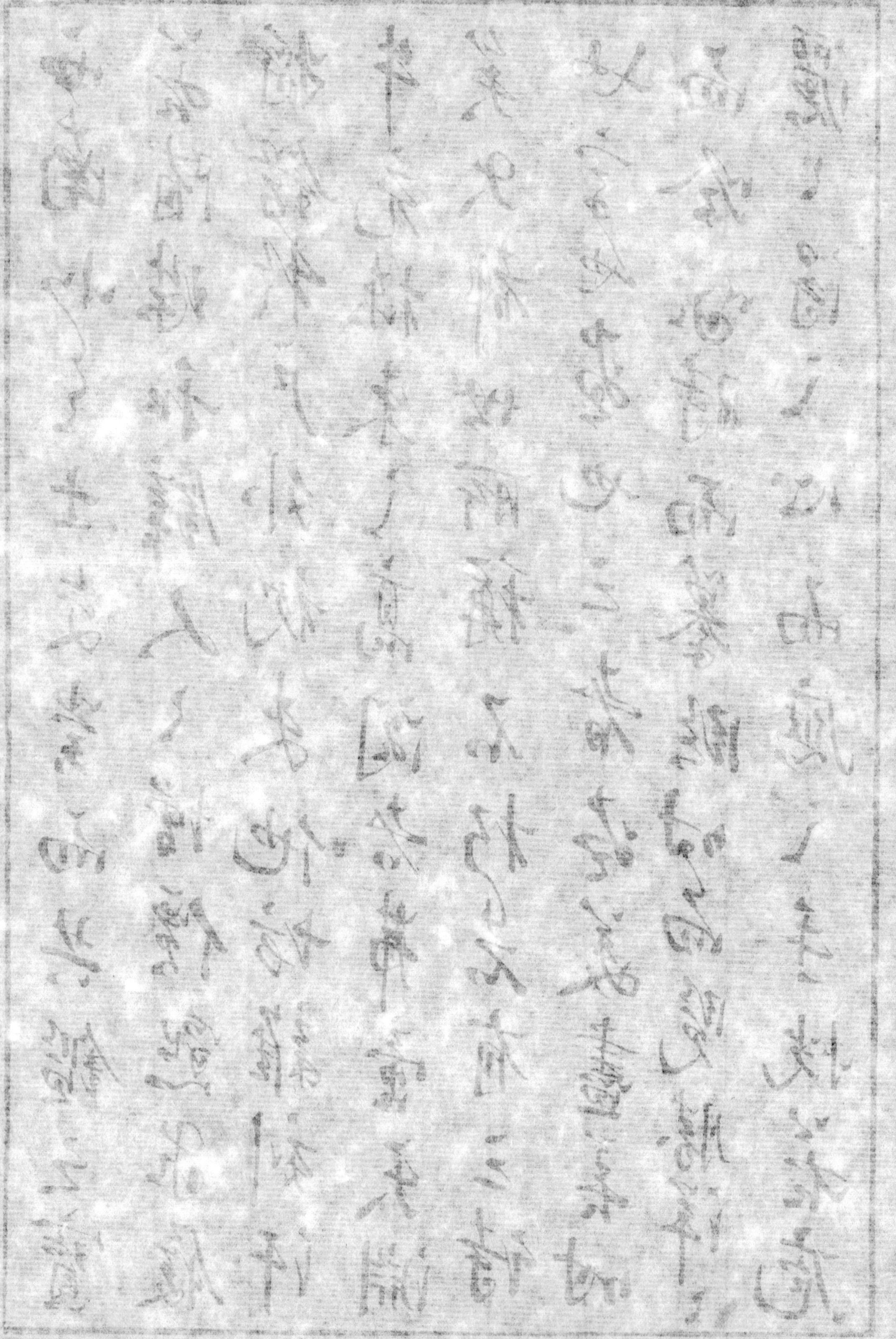

[illegible]書畫譜

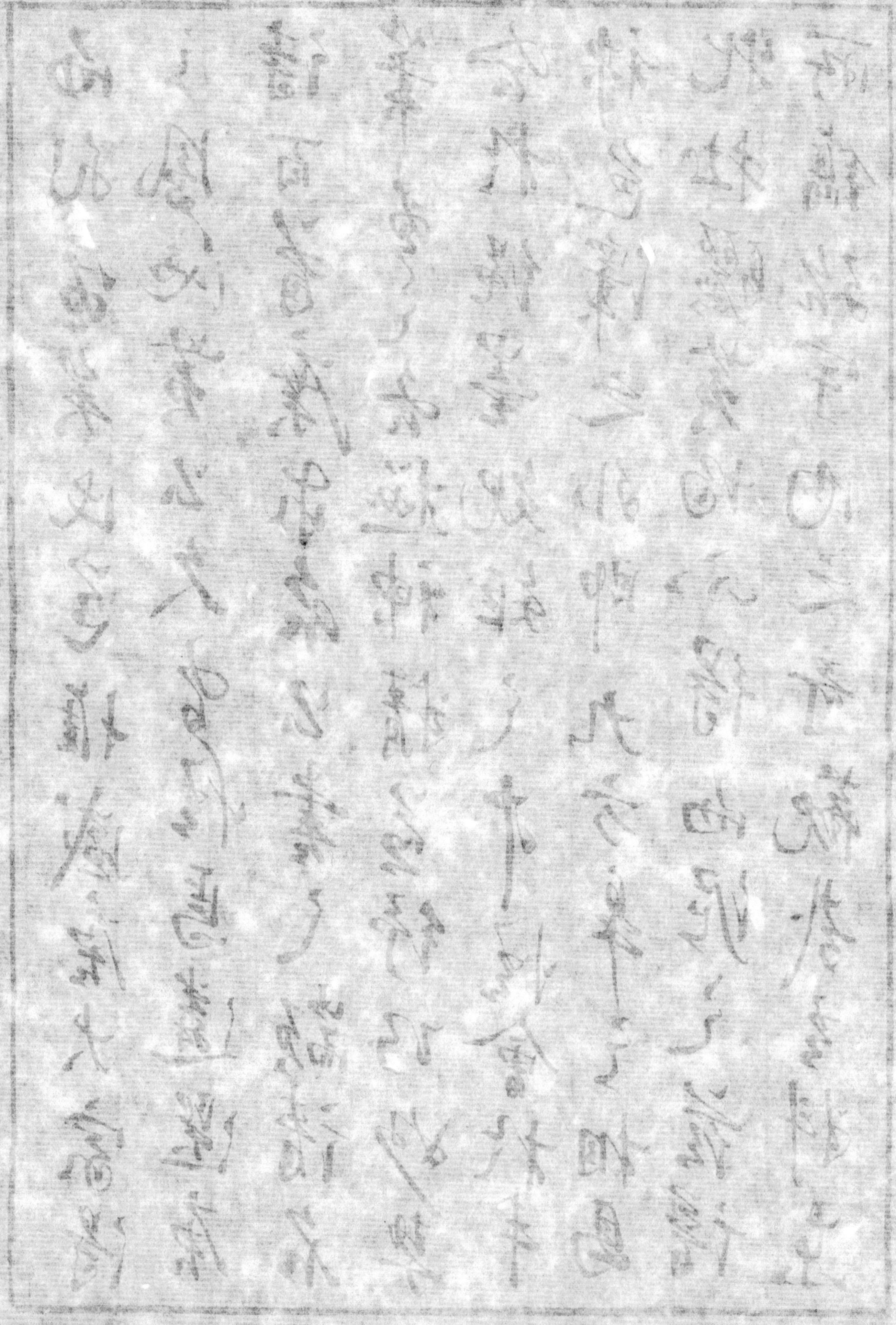

了解字趣於筆墨蹊徑之外而彼置諸家藏也豈曉悉之一世哉將是編之美所得於披閱者將誦黃生之功不衰也予玩不能釋手因爲序之於首以爲鑒賞之一助云

錢唐王迪吉

王氏迪吉 吉甫生

唐詩五言畫譜目録

唐詩畫譜
五言畫譜目録

太宗皇賜房玄齡
太液仙舟迥西園引上
才未曉征車度雞
鳴闕早開
沈良史

虞世南 春夜

春夜 虞世南

春苑月徘徊竹堂侵
夜開驚鳥排林度風
花隔水來

陳繼儒

静夜相思

李群玉

山空天籁寂
水榭延虚凉
浪定一浦月
藕花闲自香

沈元善

唐詩畫譜

五言畫譜

李群玉　静夜相思

[illegible]

馬上作　杜荀鶴

五里復五里住時無住時日將家漸遠猶恨馬行遲

丙林錢天瀾書

[illegible]

前山

裴夷直

只謂一蒼翠，不知猶數重。晚
来雲暎變，更見兩三峯

吴门薛明益

萬壽盛典

[illegible]

五言畫譜

許渾　雨後思湖居

雨後思湖居　許渾

前山風雨涼
歇馬坐垂楊
何處芙蓉落
南渠秋水香

武林沈鼎新

南詞畫譜

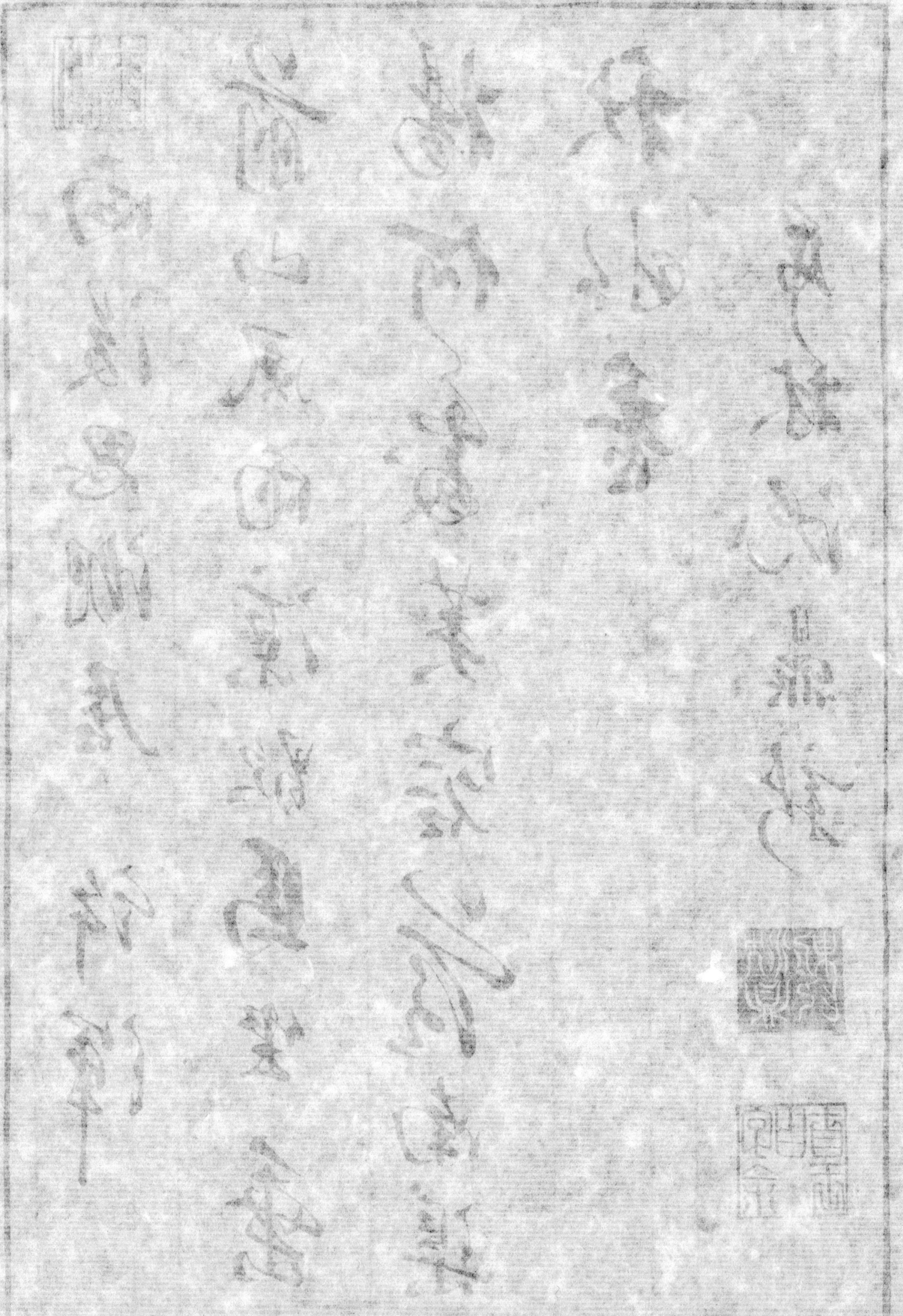

送春　高駢

水漲魚爭躍
花深鳥競啼
春光看欲盡
拚却醉如泥

虎林十二童沈維垣

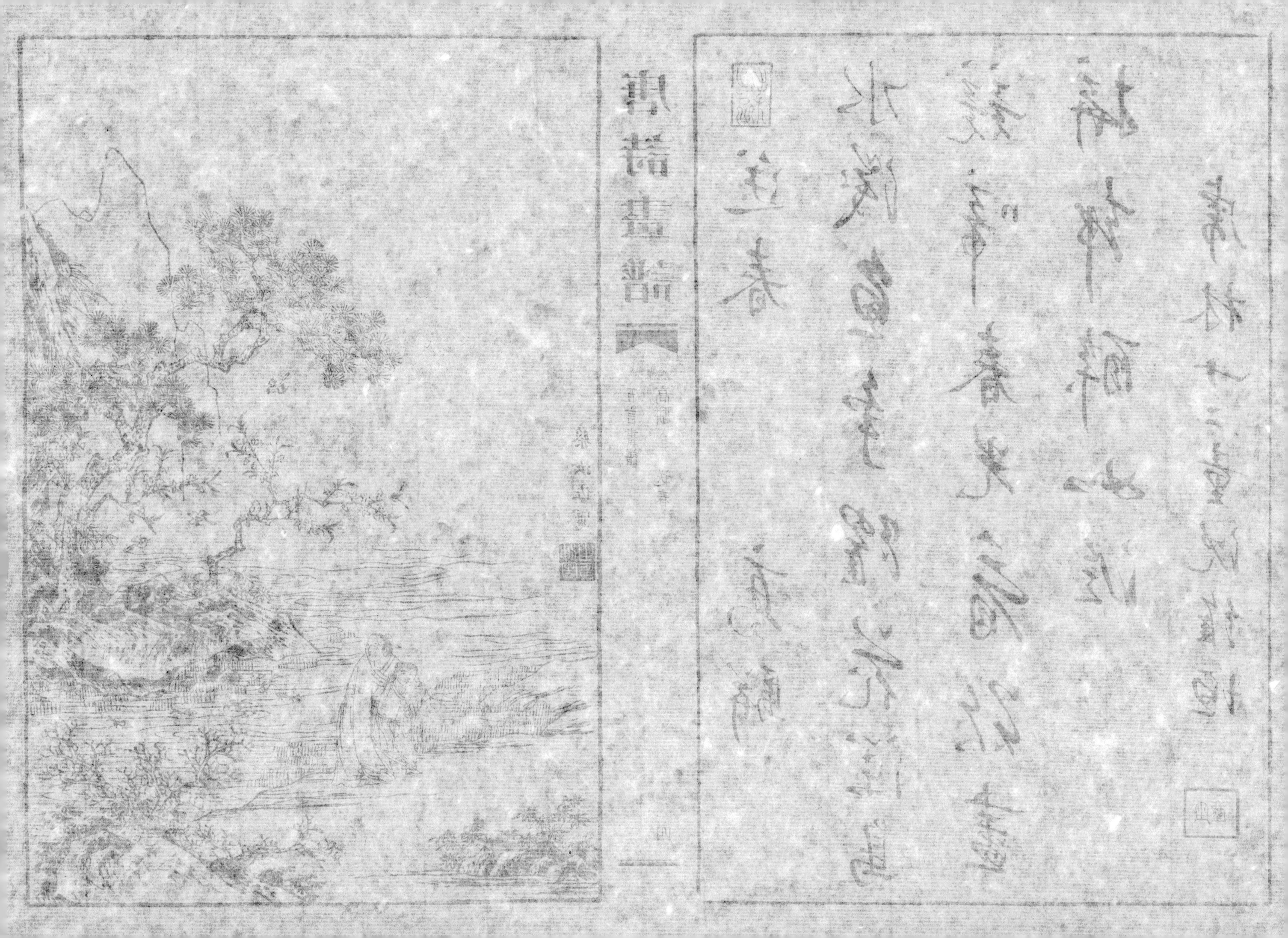

唐詩畫譜

[illegible]

夜漁

張喬

釣艇去悠悠煙波春復秋惟將一點火何處宿蘆洲

完初道人沈文寫

[illegible]

唐詩畫譜

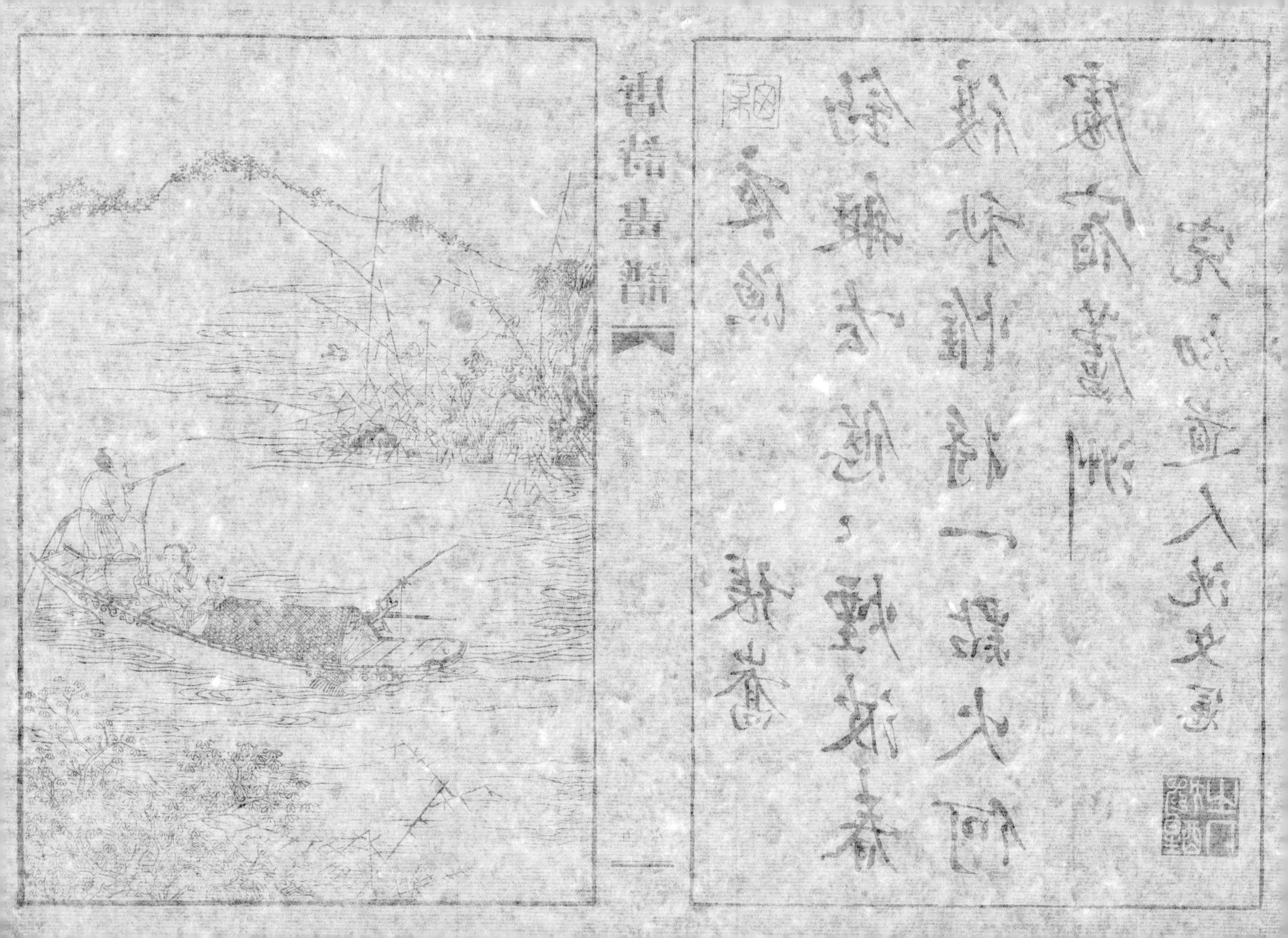

江邨夜歸　項斯

月落江路黑前邨人語稀
幾家深樹裏一點夜
漁歸

唐林皇甫元

唐詩畫譜

五言畫譜　一七
項斯　江邨夜歸　一八

顧氏畫譜

東湖□□寫之

渡頭千

[illegible]

[illegible]

[illegible]

郊原晚望

左偃

歸鳥入平野寒雲在遠
村徒令睇望久不復見
王孫

僧寤沈應斗

示家人

李白

三百六十日日醉如泥
雖爲李白婦何異太
常妻

新安俞見龍

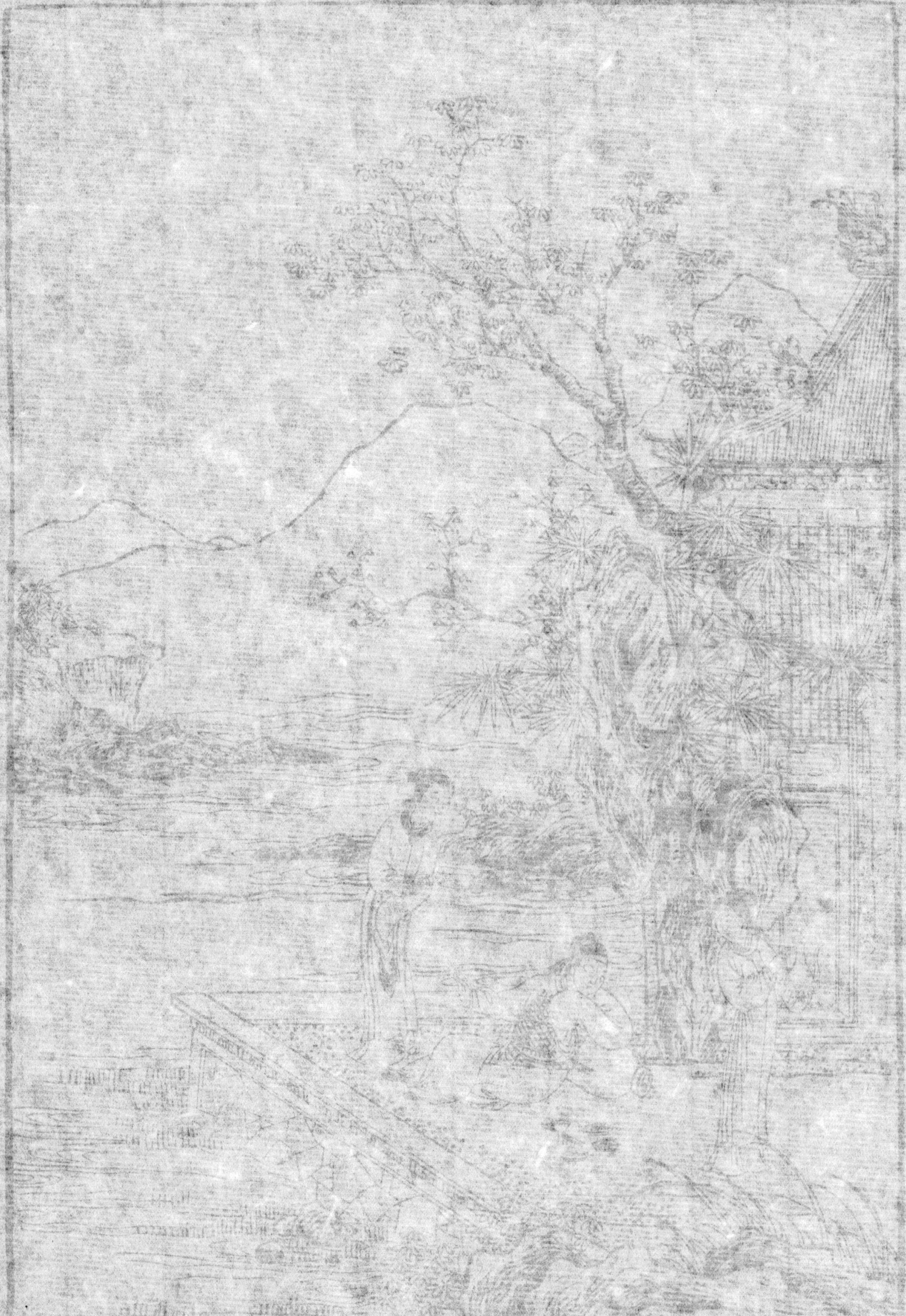

閒情書譜

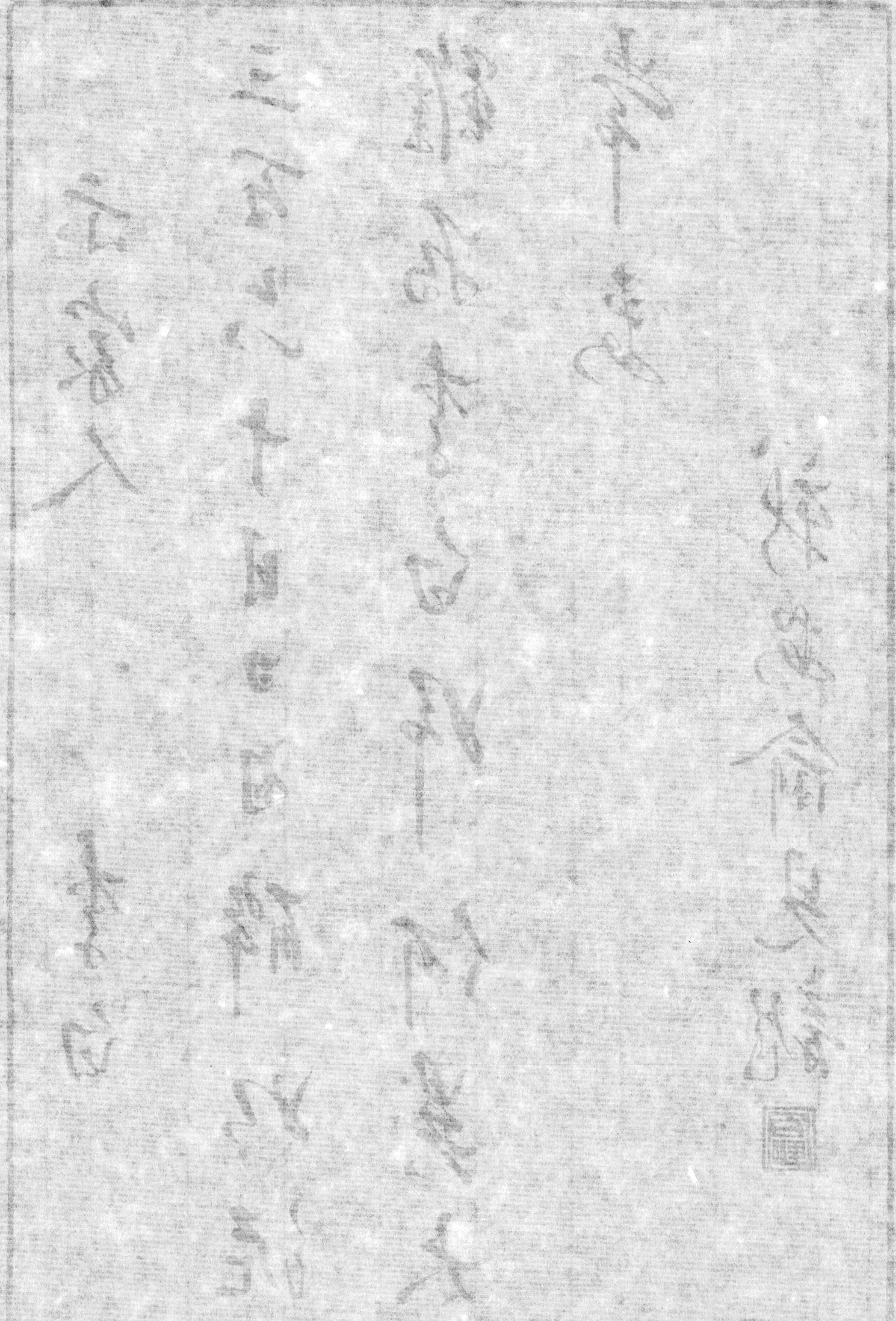

絕句

杜甫

江邊踏青罷
回首見旌旗
風起春城暮
高樓鼓角悲

[illegible]

老馬

姚合

臥多扶不起，惟向主人嘶。
惆悵東郊道，秋來雨不泥。

虎林程四維

牧豎

崔道融

牧豎持蓑笠，逢人氣
傲然。臥牛吹短篴，
耕卻傍溪田。

錢塘許光祚書

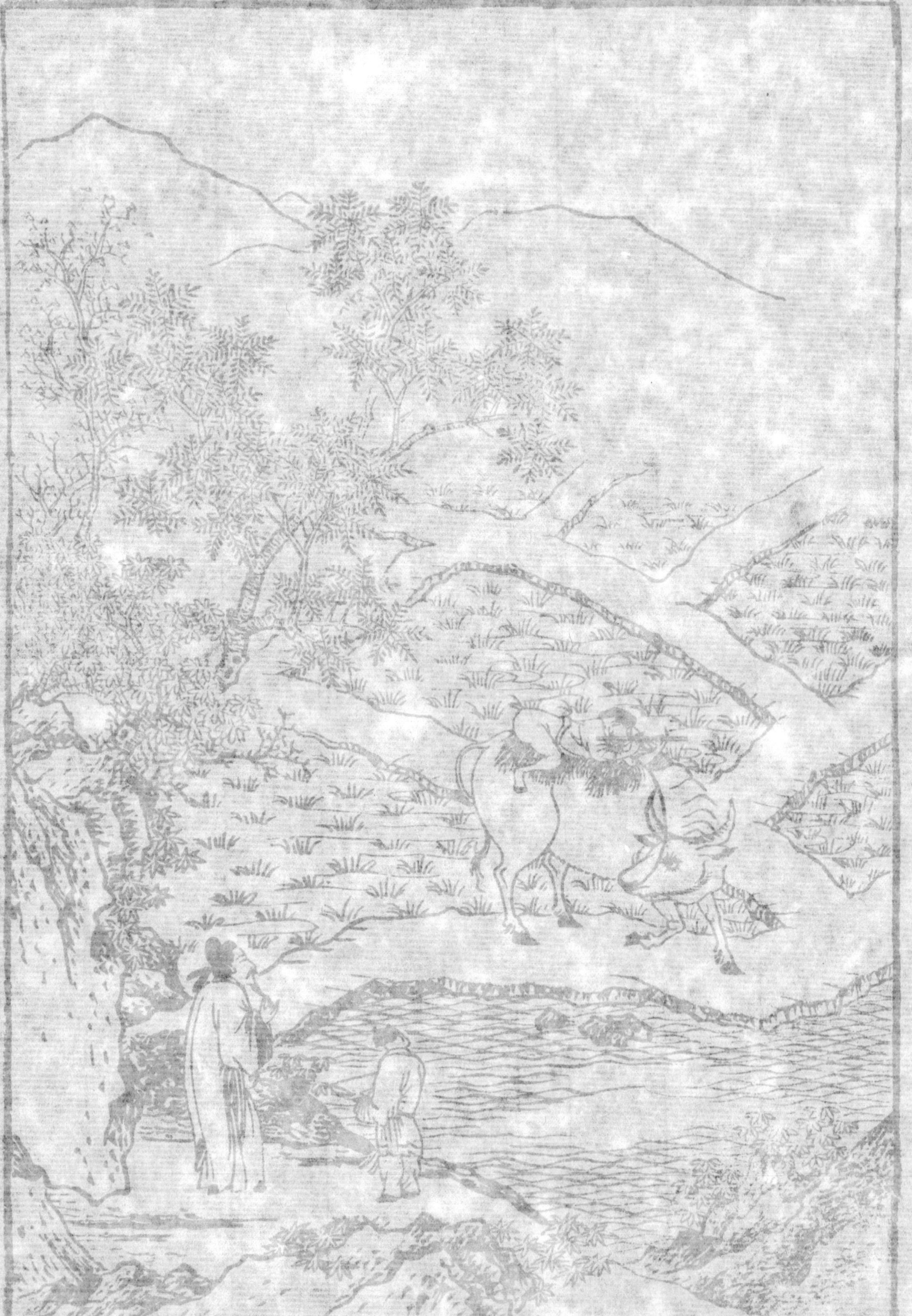

唐詩畫譜

五言畫譜

崔道融

牧豎

牧豎持簑笠
逢人氣傲然
臥牛吹短笛
耕卻傍溪田

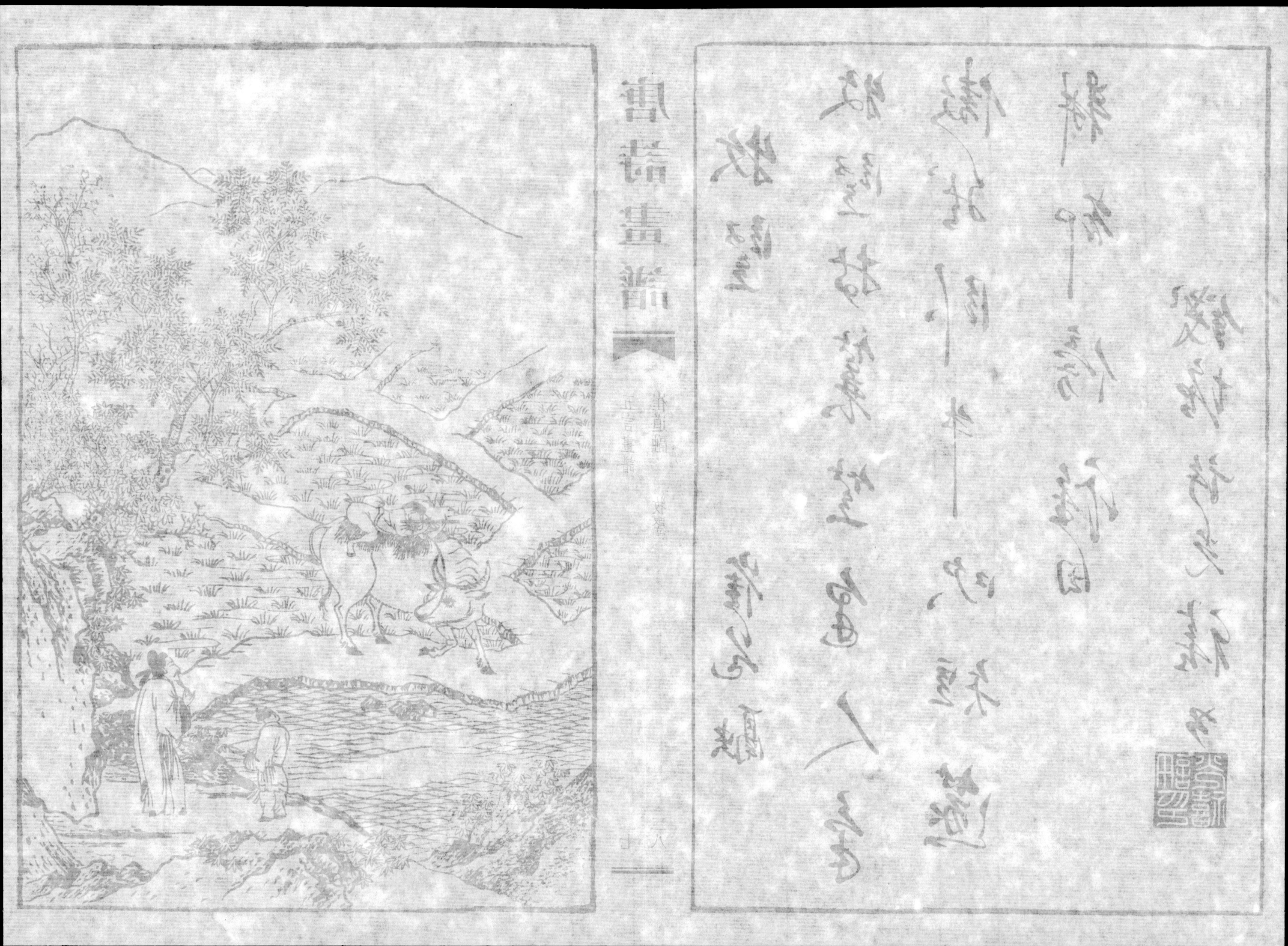

題西施石 王軒

嶺上千年秀，江邊細草春。
今逢浣沙石，不見浣沙人。

虎林沈鼎新

五言畫譜

[illegible]

左掖梨花　丘爲

冷艷全欺雪餘香乍入衣春風且莫定吹向玉階飛

仁和王龍光

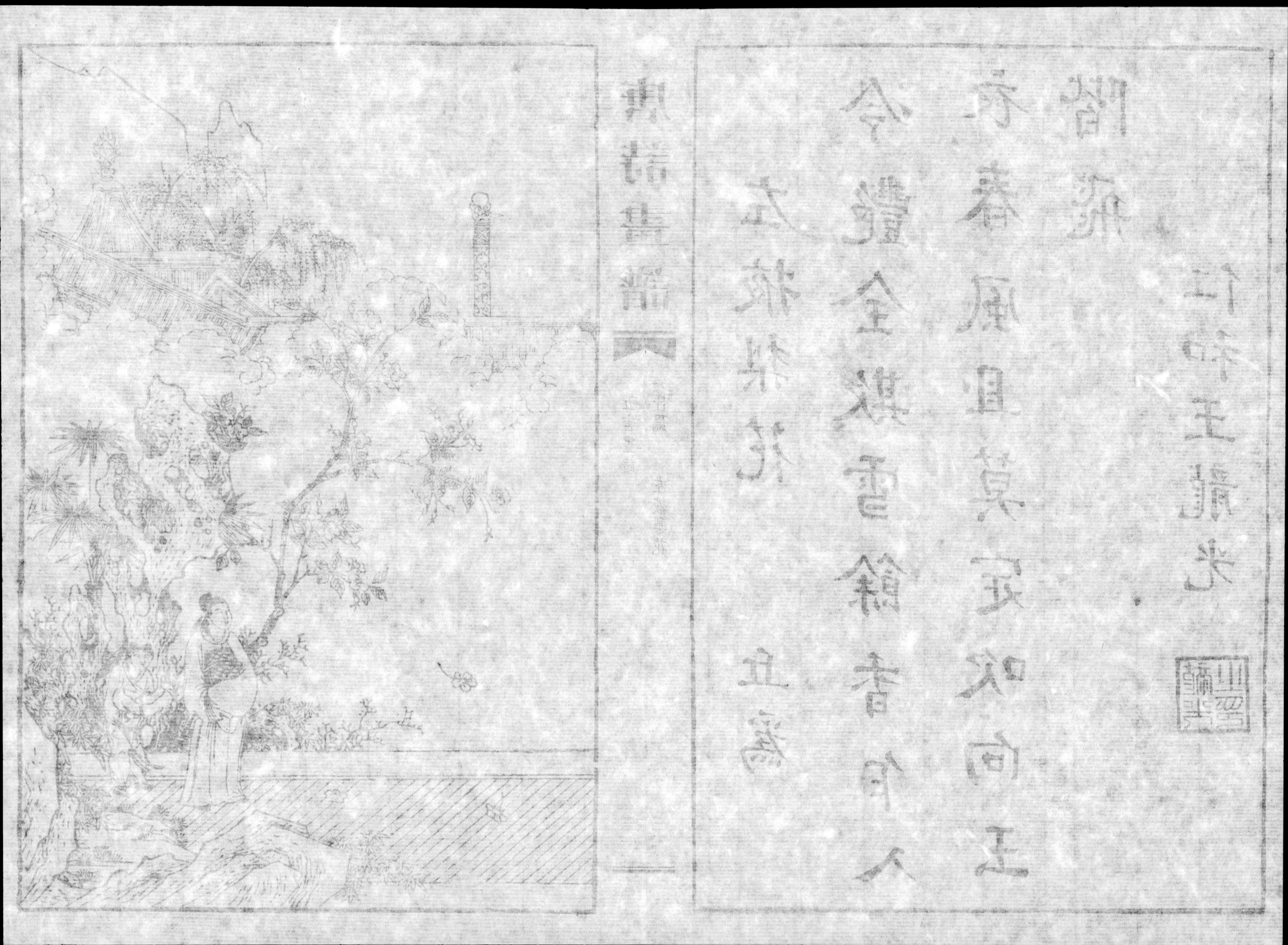

皮日休

閑夜酒醒

醒來山月高
孤枕羣書裏
酒渴漫思茶
山童呼不起

虎林董三策

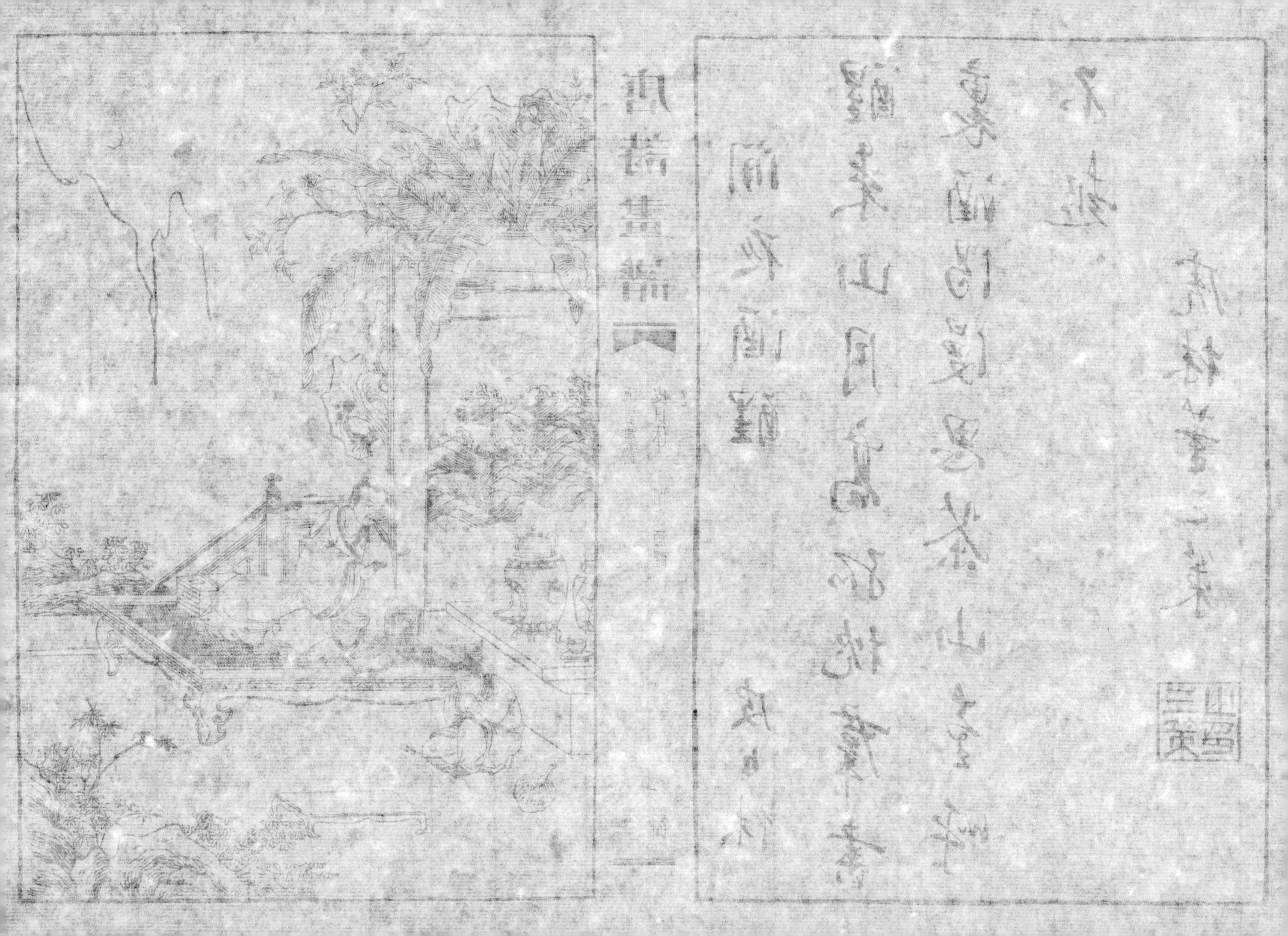

偶題

司空圖

水榭花繁處，春晴日午前。
鳥窺臨檻鏡，馬過隔墻鞭。

虎林皇甫卿

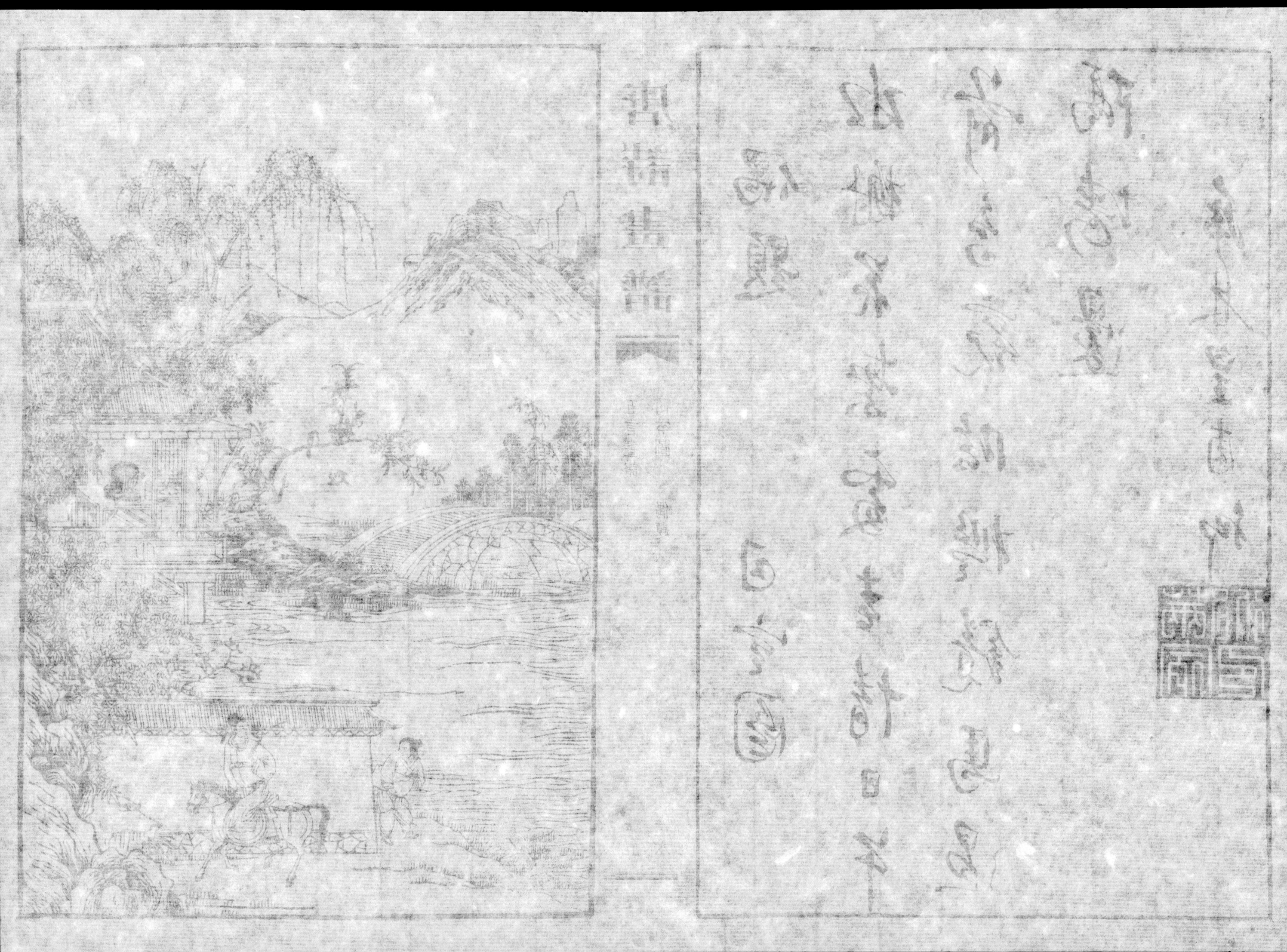

西湖佳話

[illegible]

送人遊湖南　杜牧

賈傅松醪酒，秋來美更香。憐君片雲思，一棹去瀟湘。

虎林李長春

唐詩畫譜

東林寺之春

林靄晴

早香靜花片雲留一

寶幢林霽雨深來去

遙人道明與林光

軍中登城樓　駱賓王

城上風威冷，江中水氣寒。戎衣何日定，歌舞入長安。

錢唐林之茂書

倣陳道復筆意

菊　陳叔達

霜間開紫蒂，露下發金英。但令逢采摘，寧辭獨晚榮。

陵初居人撰

[illegible]

葭川獨泛

盧照鄰

獨舞依盤石群飛
動輕浪奮迅碧沙前
長懷白雲上

雨林燕如鵰

詠葉　　孔德紹

早秋驚葉落飄零似
客心翻飛未肯下猶言
惜故林

關西許光祚

倣陳喜筆意

夜還東溪 王績

石苔應可踐
叢枝幸易攀
青溪歸路直
乘月夜歌還

虎林明經書

唐詩畫譜

五言畫譜

王勃　早春野望

早春野望　王勃

江曠春潮白，山長曉岫青。他鄉臨眺極，花柳映邊亭。

楊元和書

[illegible]

風

李嶠

解落三秋葉
能開二月花
過江千尺浪
入竹萬竿斜

台仲

風　李嶠

解落三秋葉，能開二月花。過江千尺浪，入竹萬竿斜。

合中

江樓

韋承慶

獨酌芳春酒登樓已半曛誰
驚一行鴈衝斷過江雲

虎林張徵甫

偶遊主人園　賀知章

主人不相識
偶坐為林泉
莫謾愁沽酒
囊中自有錢

虎林楊爾曾

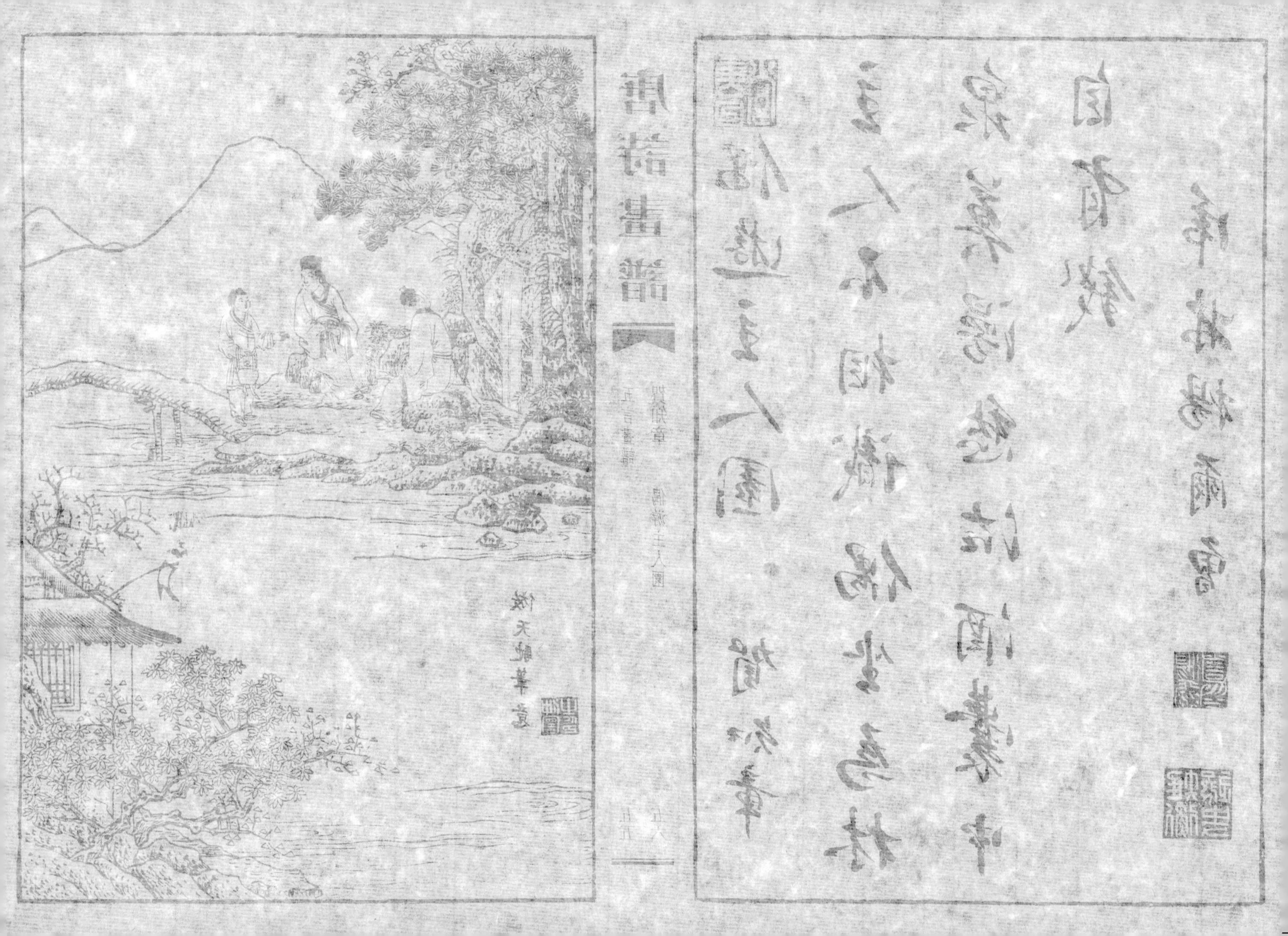

三月閨怨　袁暉

三月時將盡空房妾獨
居蛾眉愁自結鬢
沒情梳

虎林[illegible]書

唐詩畫譜

五言畫譜　三月閨怨
袁暉

竹里館

王維

獨坐幽篁裏彈琴復長嘯深林人不知明月來相照

俞汝忠藎臣

題

清溪林人下林問有來相

閑生溪上東草莫大好林

林亭館　王昇

俞共受書

唐詩畫譜

江濱梅

王適

忽見寒梅樹開花漢水濱不
知春色早疑是弄珠人

沂泉居士

華子岡　裴迪

落日松風起
還家草露晞
雲光侵履跡
山翠拂人衣

吳僧如一

唐詩畫譜

[illegible]

溪居　裴度

門逕俯清溪茅簷古木齊紅塵飄不到時有水禽啼

沈懋德

[illegible]

高久□筆写

庭竹　劉禹錫

露滌鉛華節，風搖青玉枝。依依似君子，無地不相宜。

鹿林十二童沈維垣

唐詩畫譜

五言畫譜

劉禹錫　庭竹

倣蘇軾筆意

[illegible]

友人夜訪　白居易

簷間清風簟松下明
月杯幽意正如此
況乃故人來

江夏黄涵寫

獨上江樓思渺然
月光如水水連天
同來望月人何處
風景依稀似去年

[illegible]

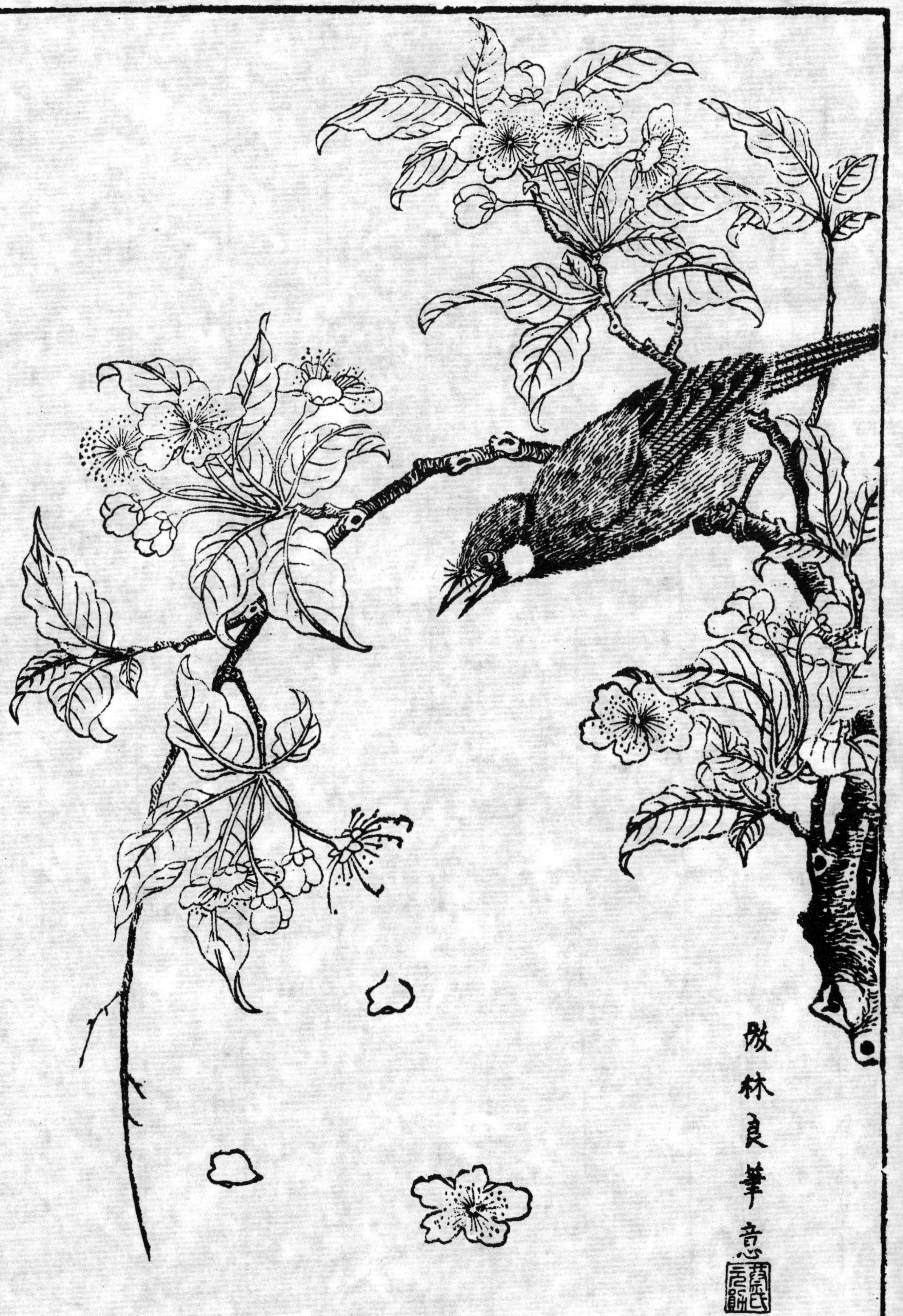

春曉 孟浩然

春眠不覺曉，處處聞啼鳥。
夜來風雨聲，花落知多少。

偉林張一選

北樓　韓愈

郡樓乘曉上
盡日不能回
晚色將秋至
長風送月來

陳元素

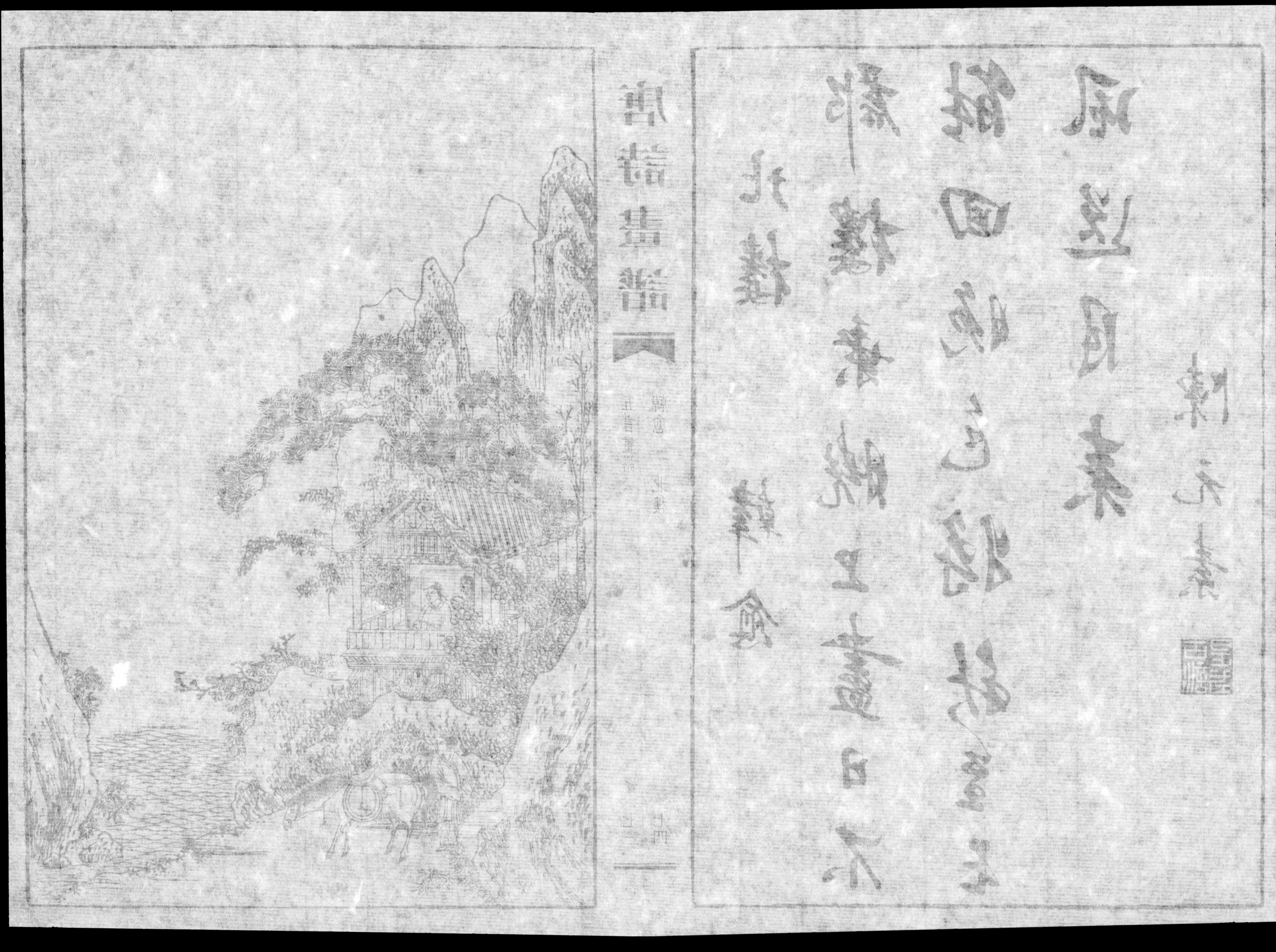

答靳博士　張九齡

上苑春先入中園花
盡開唯餘幽徑草尚
待日光催

錢唐盛可繼

唐詩畫譜

答[illegible]靳[illegible]士　張九齡

上苑春先入中園花

[illegible]

[illegible]

[illegible]

逢雪宿芙蓉山 劉長卿

日暮蒼山遠
天寒白屋貧
柴門聞犬吠
風雪夜歸人

庸林葉大年書

天津橋南山中 李益

野坐分苔石山行達菊叢

雲衣惹不破秋色望來

空

俞汝忠書臣

唐詩畫譜

五言畫譜

李益 天津橋南山中

江行

錢起

秋寒鷹隼健逐雀下雲空知
是江湖闊無心擊塞鴻

杜大綬

唐詩畫譜

錢起　江行

五言畫譜

八

吳江湖闊燕心驚寒鴉
秋寒鴈聲催夜進下雷宮江

江行　　錢起

杜大綬

山下泉　皇甫曾

漾漾帶山光
澄澄倚林影
那知石上喧
却憶山中靜

郭況

溪上　顧況

采蓮溪上女舟小怯搖
風驚起鴛鴦宿水雲
撩亂紅

新安許立言

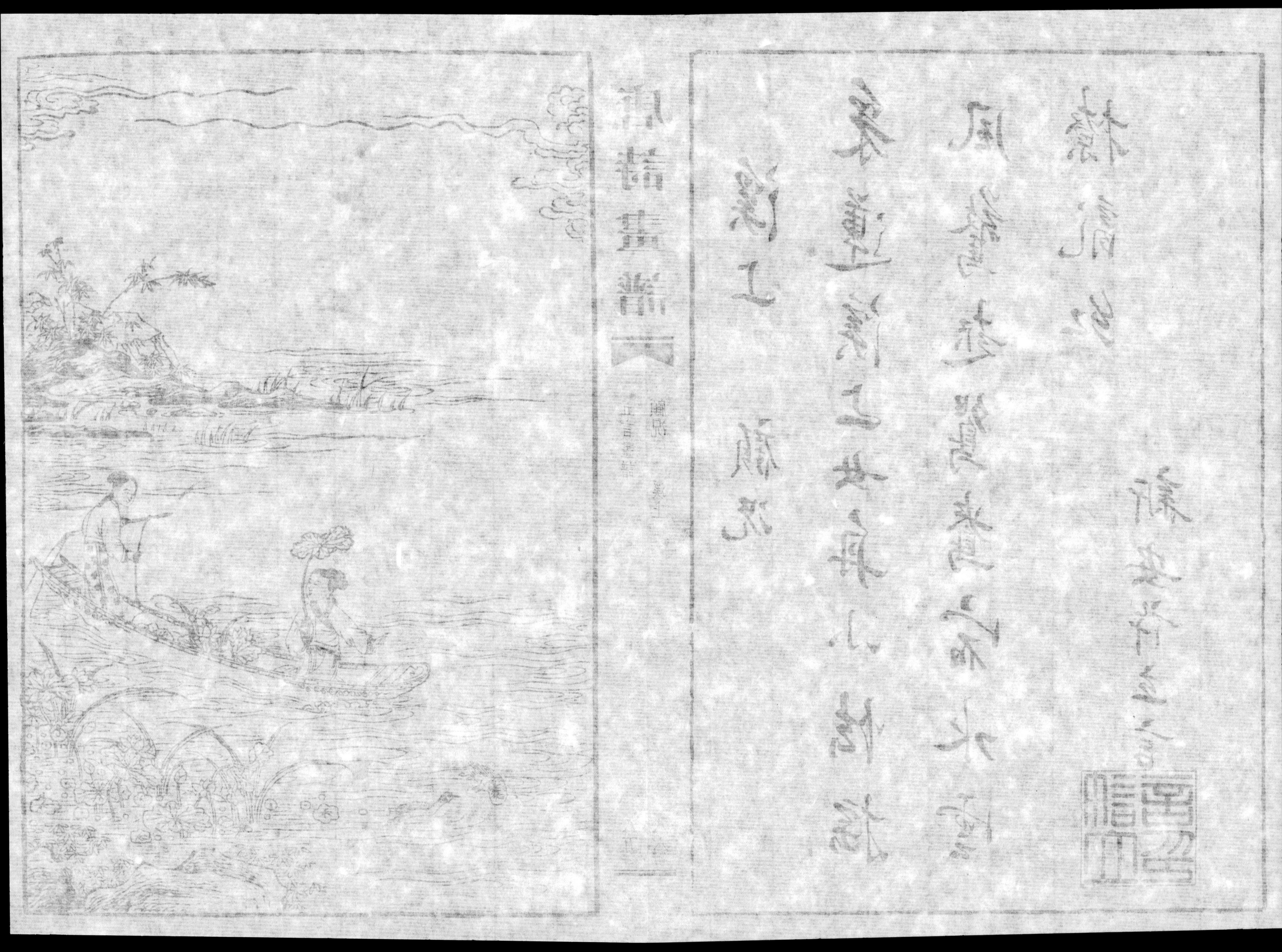

唐詩畫譜

五言畫譜　韋應物　詠春雪

詠春雪　韋應物

徘徊輕雪意，似惜艷陽时。
不悟風花冷，翻令梅柳遲。

吳湘

登柳州蛾山　柳宗元

荒山秋日午
獨上意悠悠
如何望鄉處
西北是融州

王廷暉

王廷暉

黃子陂

司空曙

岸芳春色曉水影
夕陽微寂、深烟裡
漁舟夜不歸

雲卿

[illegible]

張籍　岸花

岸花

張籍

可憐岸邊樹，紅蕊發青條。
東風吹度水，衝著木蘭橈。

[illegible]凡馬元

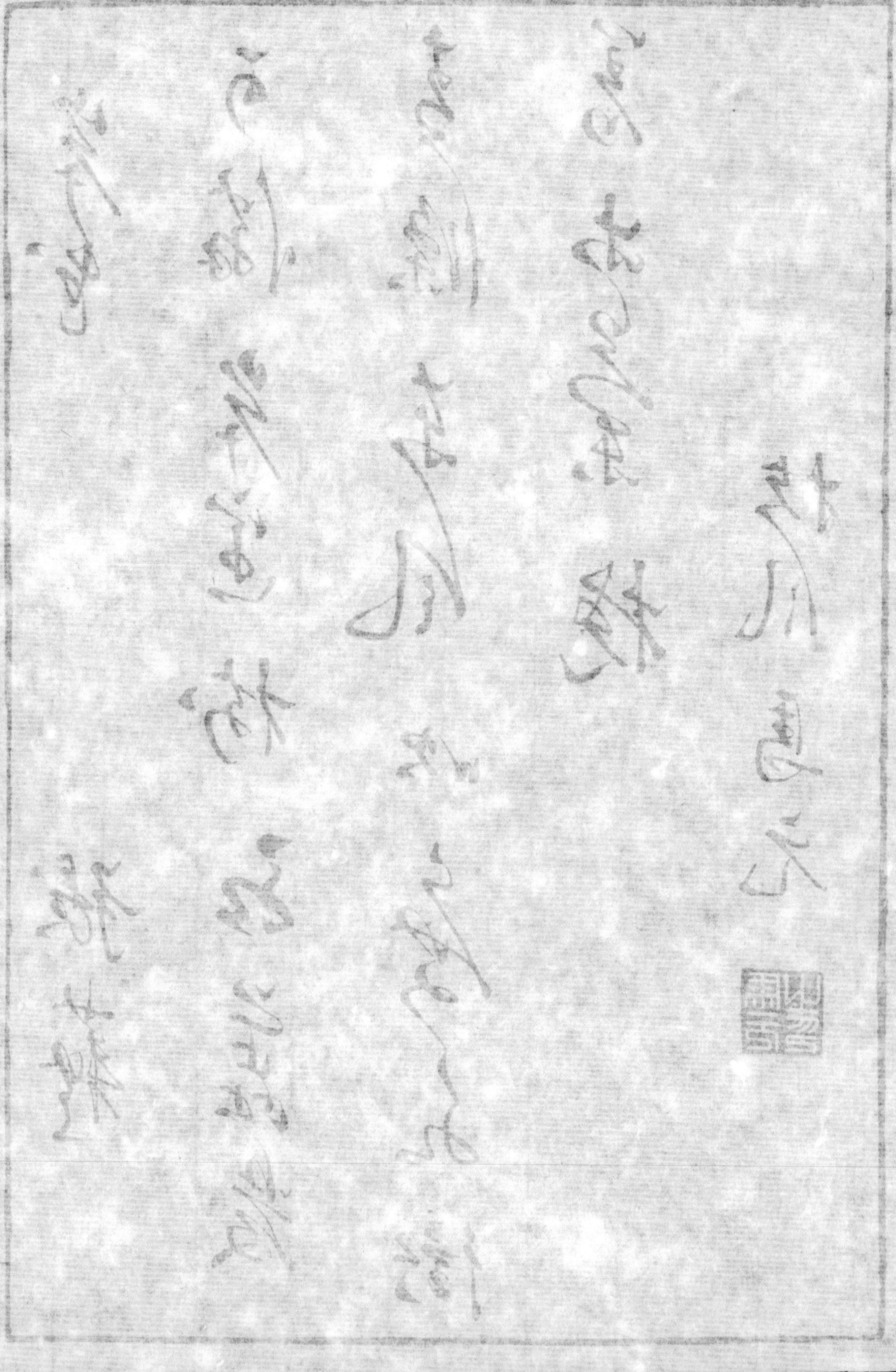

題僧讀經堂　岑參

結室開三藏焚香老一峰雲間獨坐臥只是對杉松

俞道隆

金逸書

結宇題三藏
焚香老一峰
雲間獨坐臥
只是對山松

題僧讀經堂　岑參

擬江令九日歸揚州賦

許敬宗

心逐南雲逝，形隨北雁來。故鄉籬下菊，今日幾花開。

程子新

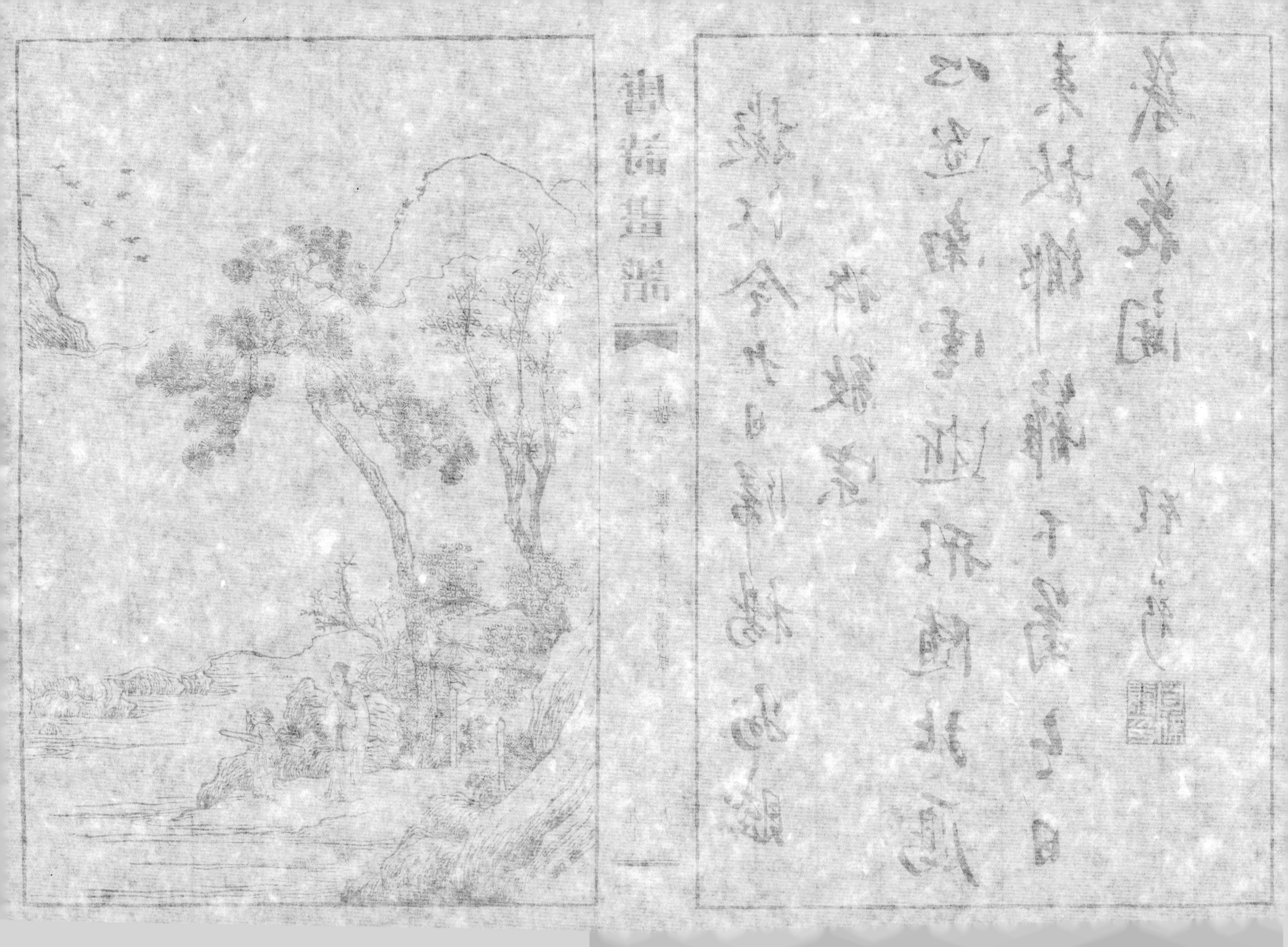

春閨思 [illegible]

裊裊城邊柳，青青陌

上桑。提籠忘采葉，

昨夜夢漁陽。

[illegible]

詠烏

李義府

日裏颺朝彩琴中半
夜啼上林如許樹
不借一枝棲

周森

[illegible]

唐詩畫譜

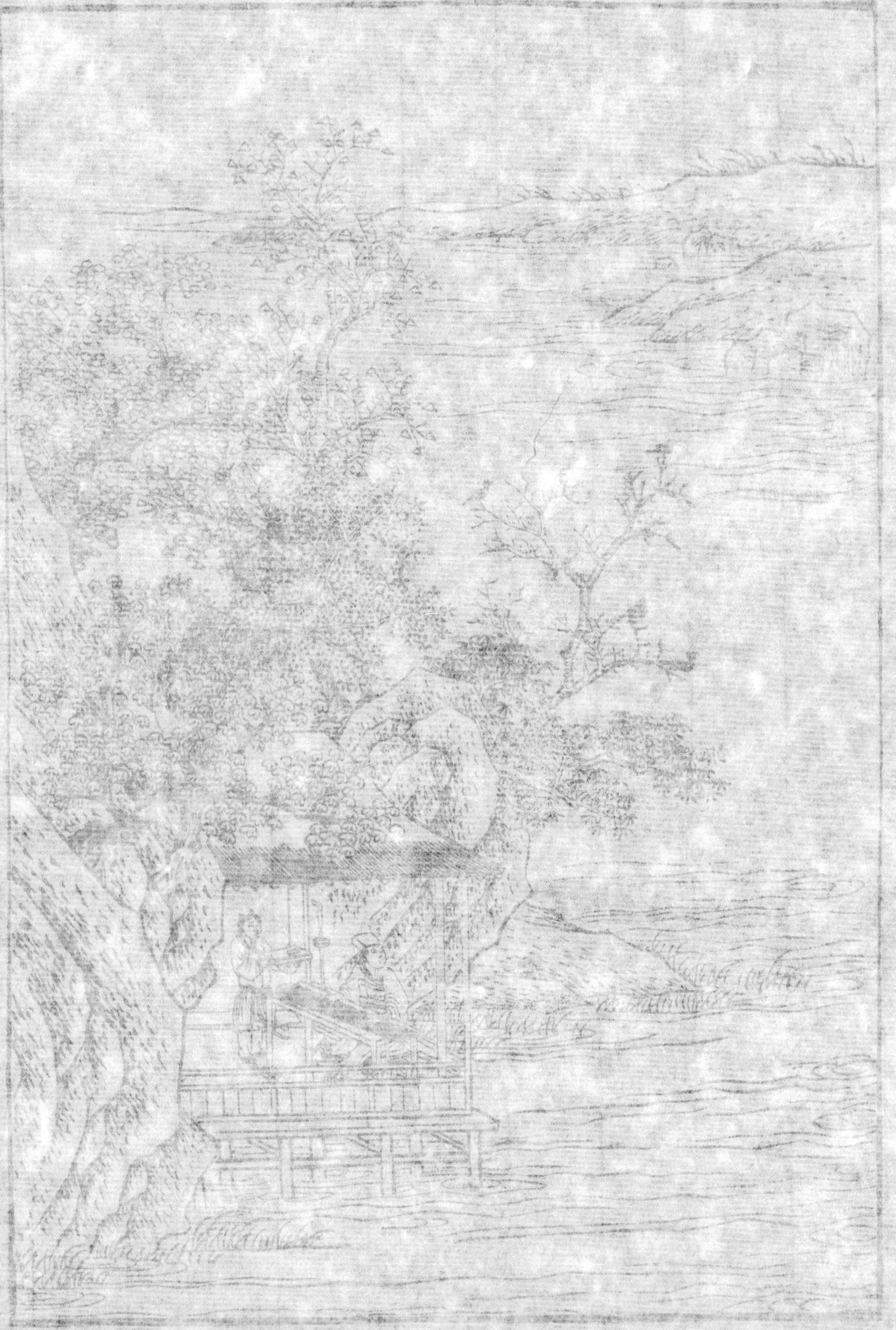

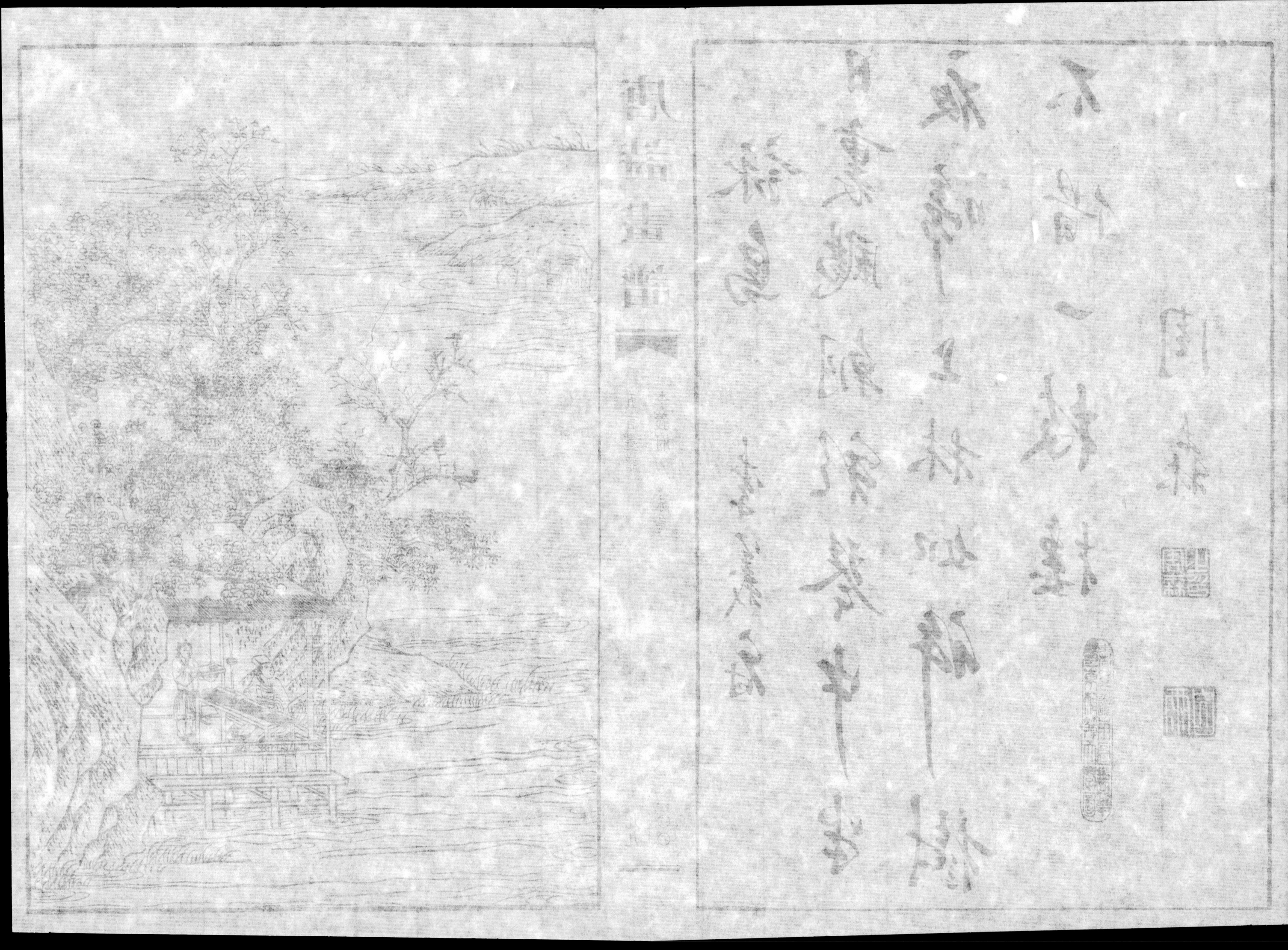